Bertrand Labarre

Le terrier du Bembex

Textes

2015 - 2016

Pour Audrey, en souvenance du dragon

.

« Il existe une sorte d'homme toujours en avance sur
ses excréments. »
René Char

Edition : BoD - Books on Demand
12/14 rond-point des Champs Elysées, 75008 Paris
Imprimé par Books on Demand GmbH, Norderstedt, Allemagne
ISBN : 9782322094967
Dépôt légal : avril 2017

Notes d'inattention

Je n'avais rien à dire
rien en tête
je ne savais pas quoi faire
et je ne pensais à rien
en vrai
je m'ennuyais un peu

Je n'ai rien compris à Heidegger
mais j'accepte que des esprits très intelligents
admirent un philosophe Nazi
surtout s'ils sont juifs

Je regardais juste devant moi
il y avait des rideaux
j'ignorais que derrière
se trouvait Derrida

Je ne comprends rien à l'art qui s'explique
je me bouche les oreilles
si la musique est une expérience quantique
ça fait longtemps quand même
que le nouveau roman est un truc de vieux schnocks
et je préfère l'auto-fellation à l'autofiction

Si me dire poète

peut me permettre
de me faire rincer à l'œil
de baiser gratis
et de dormir aux frais de la princesse
alors vous avez sous les yeux
un chef-d'œuvre de poésie pure

A 5 dans une 505 à 150 km/h et dans le brouillard

La pire soirée de l'année pour faire la fête
c'est toujours la nuit de la Saint-Sylvestre
je le sais
j'en connais un rayon sur les réveillons à la con
je les a collectionnés

Le non réveillon
celui où tu finis bourré avant minuit
allongé dans un couloir
au large de la fête

Le réveillon en déguisement débile
que tu passes à surveiller d'un oeil
le molosse de la soirée
repoussant d'une main sa copine dingue
une bouteille de champagne toujours à proximité
en cas de grabuge

Le réveillon en panne
planté dans une caisse la nuit
entre deux nulle part

Le réveillon où tu t'emmerdes tellement
que tu finis par comprendre
que tous tes amis sont des cons

qui dansent la salsa

Le réveillon tronche de cuvette de chiotte
avec postillons de sushis
bave aux œufs de lompe
et relents de mousseux

Le réveillon où ta copine
se fait draguer
par le plus beau mec de la soirée

Le réveillon à deux
en amoureux
qui part en cacahuètes en moins de deux
et que tu finis au lit
sans baiser

Le réveillon bien sympa
où tu découvres en sortant
que deux des invités ont salopé ta bagnole
à coups de cutter
et de bombe aérosol

Le réveillon qui se termine aux urgences
parce qu'un manchot
a décidé de sabrer le champagne
à la scie sauteuse

Les réveillons à la con sont légions

Aujourd'hui pour moi le 31 décembre parfait
c'est une claque sur les couilles et au lit

Mais en homme d'expérience
je dirais
que le meilleur réveillon
c'est celui dont tu reviens
entouré de tes potes
par la nationale au petit matin
dans les vapeurs de hash
et les effluves de Jack
à 5 dans une 505 à 150 km/h et dans le brouillard

L'addition

Nous sommes la mort en marche
nous les hommes ne sommes pas des héros
au mieux des bêtes de somme
croulant sous le poids de la vie

Nous sommes l'amour en arche
en reflet en rêve en écho
on se perd on se trouve on s'accroche
enivrés au musc de la nuit

Nous sommes le devenir fantôme
de deux êtres de mots
déambulant main dans la main
dans le château de l'âme
en quête d'incandescence

Nous sommes la nostalgie de l'étoile
un point de fuite au firmament
la force d'attraction de deux aimants

Nous dérivons ivres dans le noir
nous sommes un vœu de poussière
l'éclat diffus de deux flammes sombres
attisées par la solitude
d'un été sans fin

Je suis
tu es
nous sommes le monde
dans le destin de chaque seconde
quand l'instant meurt
notre instinct de vie
nous pousse à réviser nos peurs

Nous sommes le résultat d'une équation quantique
nous sommes las
mais nous sommes ici
nus côte à côte
dans un lit d'abandon et d'oubli

PS
nous sommes un rêve qui songe

Un crocodile dort sur mon ombre

Quand elle glisse dans la piscine
le bleu a des reflets d'argent
le soleil poudroie
la chaleur nous calcifie
impossible de lire une ligne de plus
sans fermer les yeux
et tomber en catalepsie

De l'alcool pur coule dans nos veines
je sourie bêtement vers l'azur
les montagnes dansent dans le ciel
deux longueurs et elle sort de l'eau
je lui allume une cigarette
elle s'étend quand je la lui tends
nue sur le dallage blanc
sa peau exhale l'huile d'olive

Le crocodile ne bouge pas
les glaçons ont fondu dans mon verre
comme la banquise
le pastis est tiède
un ours quelque part crie famine
martyr crucifié au soleil
je reste cloué à la chaise longue
l'après-midi se meurt

l'été se meurt
je meurs
seuls nos rêves demeurent
le crocodile ferme son œil

Les gens ordinaires

Méfiez-vous des gens ordinaires
ils ne supportent pas la différence

Les gens ordinaires
sont des salopards de première
leurs gosses font des grimaces horribles
ils ont toujours un livre à écrire
ou un projet d'expo en cours
même leurs vacances sont assommantes

Les gens ordinaires se donnent la main
pour prier ou conspuer
s'offusquent
s'émeuvent d'un même élan

Les gens ordinaires se croient bons
ils compatissent
plaignent les miséreux
tant qu'ils ne viennent pas dîner chez eux

Les gens ordinaires se modèrent
boivent du vin un soir sur deux
et baisent dans le noir

Les gens ordinaires vous aiment malheureux

moins riche qu'eux et surtout moins fier

Les gens ordinaires coulent des jours heureux
dans leurs maisons ordinaires
meublées ordinairement

Ils vous content des trucs extraordinaires
vus sur leurs ordinateurs ordinaires
et s'apprêtent à faire le tour du monde en canoë
ou grimper le Mont Blanc à cloche-pied

Les gens ordinaires pleurent devant les miroirs
et traînent un cafard ordinaire

Les gens ordinaires ont des calculs rénaux
des calvities de l'hypertension
qui réclament toute votre attention
même si vous vous en foutez

Les gens ordinaires sont des gardiens de camps
ils obéissent et vous surveillent
les gens ordinaires sont consentants
et prétendent toujours vous ressembler

Les gens ordinaires sont polis
ils n'aiment pas la guerre
mais admettent qu'il faut la faire
ils ont des mines de rien
mines de terriens
ils prétendent toujours faire le bien

mais ils saccagent toute beauté
par amour
chacun s'imitant
jusqu'à ce qu'il ne reste rien d'autre
que de l'ordinaire

Les gens ordinaires sont des monstres rassurants
méfiez-vous des gens ordinaires

Le plus célèbre peintre de la ville

Chaque matin tu fais caca
voilà ce que tu fais
chaque foutu matin
tu ponds ta crotte
et tu nous l'offres en cadeau
comme un bambin sourit à sa mère en se levant du
pot

Tu es fier de ton produit
sur papier kraft encre de chine toile ou acrylique
et tu nous l'exhibes ton popo
sur les réseaux
par mail en affiche
sous forme de livre même pauvre
sur sous-bock ou en flyer
et les gens aiment ça
ils likent ton caca
caca bon ça

Mais au fond de toi
tu sais que tu ne t'es pas tiré les doigts du cul
pour chier ton truc
c'est juste un caca du matin
un petit caca quoi

C'est ça que je lui dis au grand homme
en m'enfilant un fond de vodka

Sur le coup
il est très énervé le peintre le plus célèbre de la ville
rouge rouge rouge
qu'il est en me gueulant dessus

Alors je dis
arrête de pousser
tu vas péter
ou pire

Il se lève comme pour m'en mettre une
mais il a vingt ans de plus que moi
et j'ai beau avoir picolé
je reste lucide

Je le regarde tranquille
les doigts de pieds au chaud dans ma fange
il se voit KO
je me sers une autre vodka
tandis qu'il regagne son trône
caca
je conclus

Et je quitte la soirée

Dehors
la lune est pleine

et moi aussi

Astéroïde impact

Je viens d'une étoile
dont j'ignore la galaxie
je sais juste qu'elle pulse dans un nuage girly
et que sur elle
même le noir a des reflets roses

Ma galaxie ne sent pas la fleur d'oranger
ni aucun numéro d'une quelconque Mademoiselle
ma galaxie sent le galac le carambar la baby cream
mais souvent rien
et je sais par cœur son odeur

Je viens d'une étoile
ça je le sais
mais j'ignore sur quelle planète je suis tombé
un coup de talon aiguilles en acier m'a réveillé
debout saloperie ouvre tes mirettes
et viens faire un tour dans la jungle

Tout ce qui est hostile s'apprivoise
d'un rire d'une moue d'un air entendu
c'est tout simple
si tu te la pètes ici faut te laver le cul
plaide not guilty

Y'a rien de méchant dans les atomes
juste une attraction inexplicable
rien de magique dans tout cela
c'est dans le plan ne cherche pas
laisse-toi aller
passager sans ennui
inutile de serrer ta ceinture

Je viens d'une étoile et j'ai un billet première classe
juste à checker si c'est busy ou free
avant de filer ma carte d'embarquement
cap carnaval
sky trip dans les bourrasques de rires
aux reflets dorés de champagne

Je viens d'une étoile
et j'habite un continent où
y'a rien de gênant rien de néant
tout est géant mêmes les silences
une contrée de petits plaisirs

Comme Eagle One je suis tombé
dans une mer de tranquillité
où chaque pas est un bond
qui soulève un nuage de poussières
trop longtemps en repos

Une chance pour moi
j'étais à court de carburant
pile à l'heure au bon endroit

un monde bariolé s'offre à moi
hors du scaphandre
j'ai tout mon temps

Allo Houston
Ici petit Tom

Chats / Splash

On a dix ans et on aime l'odeur des caves
le grésil
l'humidité
le carton pourri
l'essence
on les respire comme on humerait un parfum de
femme

Chaque cave à son odeur
ça doit venir des habitants
passés ou présents
ou peut-être du lieu même
on sait pas mais on aime

Les caves sont un refuge pour enfants
avec leurs fantômes attirants
dans les recoins qui font peur
on s'y retrouve à l'abri des regards adultes
comme dans les souterrains d'un château fort en
béton
on joue à se faire peur avec les filles
à se faire du bien aussi
A toi de cacher le mouchoir
d'accord attends qu'on soit dans le noir
la meilleure cachette évidente

celle qu'elles évitent avec application
subtil apprentissage de la torture délicieuse
et on tâtonne sous le maillot en nylon à la recherche
d'un nichon

Dans les caves il y a suffisamment de cellules vides
pour s'inventer une vie recluse
les grands y laissent des canettes
des mégots de cigarettes
et des taches sur un matelas posé au sol

On a dix ans
on s'y réfugie pour fumer des clopes à la banane
en se méfiant du gardien
parce qu'il a une gueule de squale mort
et un corps pas possible
tissé au fil de fer
par une vieille salope de sorcière

Les caves sentent la fuite
le refus de l'école ou des promenades forcées
des dimanches après-midi
l'été on prend le frais
l'hiver on s'abrite du blizzard

Il y a toujours une bonne raison de traîner dans les
caves
une valise abandonnée
avec une robe de mariée et des photos

les caves sentent le regret
l'oubli d'un après-midi à quatre heures

On y descend un jour comme un autre
des rires sentent le mauvais vin
et on entend des SHPLOK
on reconnaît la voix du boulanger du quartier
qui bastonne sa bonne femme
et les ahanements du fil de fer
et
SPLASH

On s'approche en silence à l'indienne
pour espionner les méchants
on voit d'abord les litres de vin cinq étoiles
alignés comme des quilles
dans le garage à mobylettes
et les deux funestes pantins
silhouettes découpées au coupe-coupe
par les ampoules tungstène
chacun prêt à faire feu rigolards
chatons en pognes
on observe le clin d'œil complice de brute à brute
ils lancent la chose sur le mur

Et ça fait SPLASH
ou SHPLOK
un chaton qui s'écrase sur un mur
ça tombe direct au sol en silence
en laissant une coulure rouge sur béton gris

Les bonnes vieilles habitudes se perdent

J'ai mangé mon slip
et retourné une omelette
ou le contraire

Juin suinte par tous les pores de ma peau
elle bosse au loin à poil sous sa robe
en fumant clope sur clope
penchée sur son ordinateur

Les étourneaux dansent
en bouffant des insectes
la lune me fait un clin d'œil

L'écran du téléphone scintille
à chacun de ses messages
des conneries
des mots de rien
sentimentalement trash
échanges de vieux gamins
qui jouent à se faire rire
en disant des horreurs

Sens-tu la douce brise
de ma trachéo sur tes couilles
quand je te suce

oui chérie
veux-tu que je t'allume un clope

Les tomates du jardin sont bleues
le ciel est bleu
l'écran du téléphone est bleu
mon âme est bleue
le vin est bleu
c'est comme ça quand on est heureux

Trois mots suffisent à vous faire jouir

J'écrase un moucheron sur la page
et le regarde mourir
sans compassion

Ma vie ne vaut pas mieux

Sans doute crèverai-je un jour
seul sur une page
de sable blanc
ou de neige
comme lui
écrasé sous le marteau de Thor
et c'est bien tout ce que je me souhaite
une vie de moucheron bleu

C'est l'heure du branle baby
chacun de son côté
à 100 contre 1

tu vas gagner

La nuit est bleue
la page est bleue
mon sperme est bleu
mes rêves seront bleus

Douce nuit baby

Un aquarium à chaussures rouges

Nous avons quitté la tonnelle
le canapé mou
et tous ces gens qui ne parlaient que d'eux-mêmes
et nous sommes rentrés baiser dans l'escalier

La nuit était douce
les chats bondissaient sur les voitures
les femmes s'enfilaient des poissons volants
les enfants s'endormaient devant leurs écrans
et les hommes buvaient leurs désillusions

La bourse montait
la bourse baissait
la bourse remontait
et nous baisait tous

J'ai commencé à l'entreprendre
assis sur la dernière marche
ses lèvres avaient un goût de menthe et de rhum
elle m'a prodigué un soin spécial
et nous avons joué ainsi un bon moment
avant d'entrer dans son appartement

J'ai pissé

Quand je suis revenu elle se caressait sur le sofa
nue dans ses chaussures rouges

Le signal donné
j'ai plongé dans son aquarium
et ma langue anguille a fait cent fois le tour du
propriétaire

Puis on a bu fumé
fumé bu
et j'ai gobé un cachet
rideau

Le lendemain nous avons rejoint les gens qui ne
parlaient que d'eux-mêmes

Les chats se cachaient sous les voitures
les femmes s'en allaient acheter des poissons volants
les enfants jouaient devant leurs écrans
et les hommes buvaient leurs illusions

La bourse montait
la bourse baissait
la bourse remontait
et nous baisait tous

Elle m'a regardé et elle a dit
saloperie
ce que t'es triste

J'ai dit oui
et je suis rentré
tenter de battre mon score à Tetris

Le goût des cerises volées

Qu'est-ce qu'elles ont de plus
les cerises qu'on vole dans les vergers

Celles dont on se rassasie à même l'arbre
en cachette du jardinier

Celles qu'on récolte par poignées
et que l'on planque au giron d'un t-shirt
comme un kangourou

Qu'est-ce qu'elles ont de supérieur
à celles qu'on achète
dans les GIGA MEGA SUPER

Est-ce le prix du danger

Parce qu'on sait qu'on va finir par détaler
comme un garenne à l'approche du chasseur
parce qu'on aime sentir le vent de la fourche
souffler à son oreille

Ou bien est-ce le frisson de la rouste promise
par maman
quand on rentrera repu
les mains sales
et le t-shirt ravagé par le fruit du larcin

Rose Marie est un garçon

Rose Marie est un garçon
avec une chatte et deux nichons

Rose Marie grimpe aux balcons
on fait le mur les samedis soirs
quand les vieux pioncent devant la télé
quatre étages et même pas peur

Rose Marie a des boucles brunes
des yeux de lave qui disent pas cap

A cinq ans on fugue ensemble
juste pour admirer les lumières
d'une fête foraine
fuir un moment la cité
comme deux orphelins
frère et sœur
longeant le mur du cimetière
heureux les innocents

Rose Marie est un garçon
avec une chatte et deux nichons
elle aime qu'on la désire
elle dit baisse ton pantalon si t'es un homme
et si tu le fais ben moi je le fais
alors tu obéis pour voir sa tirelire

mais elle te transperce d'un regard
à la vue de ton haricot blanc
puis disparaît dans un fou rire
tu as dix ans

Rose Marie est un garçon
avec du rouge à lèvres
des jeans moulants un peu vulgaires
mais tu aimes ça
les mouches pubères volent autour d'elle
les filles à boutons la détestent
elle s'en fout
elle fait le coup de poing quand on l'insulte
c'est un garçon

Et dire que tu as cueilli des fleurs au cimetière pour
elle
reçu une danse par ta mère en leçon
on ne fugue pas avec une Rose Marie
surtout quand on a cinq ans

A quinze ans tu veux juste te frotter contre elle

Rose Marie est un garçon
et rien ne peut lui arriver
aux sarcasmes elle répond par des gnons

Rose Marie est un mauvais garçon
avec de mauvaises fréquentations

on sèche
on fume
on se branle pour avoir chaud l'hiver
mais Rose Marie va plus vite
plus loin
impossible à suivre
un feu follet

Un matin
passagère d'une bagnole
en rodéo dans le collège
le prof de sport collé au pare-brise
et tous les élèves aux fenêtres
tombera
tombera pas
tombé
le prof en arrêt
Rose Marie aussi

Rose Marie file un mauvais coton
sa copine l'entraîne toujours plus loin
à coups de pas cap
traces blanches sur la table basse
le footballeur a mouillé le maillot
en tirant ses crampons

Rose Marie est une poupée de coton
écartelée et déchirée
par de mauvais garçons
pleurs enfouis sous les rires de sa bonne copine

les quolibets le qu'en dira-t-on
on s'en remet pas dans la cité

Rose Marie n'est plus que l'ombre de son nom
exilée mariée forcée
mère par obligation
les yeux éteints
quand tu la croises
le long du mur du cimetière
tu t'imagines
un bouquet de chardons à la main
mais il ne reste rien de Rose Marie

Le Saint-Louis Bar

La mère de Stéphanie est toujours de bonne humeur
et nous sommes les bienvenus dans son bar
nous les ados sombres et blasés
aux anti sourires de poseurs

Le Saint-Louis Bar respire le front populaire
la salle est trop grande et souvent vide
mais il y a toujours de la musique
et le sourire de la patronne
rayonne au-dessus du comptoir

On est en 4ème C
Fred Jean-Marc et moi

Comme c'est sur le chemin du collège
on s'y arrête le matin pour chercher Stéphanie
et comme c'est sur le chemin de la cité
on s'y arrête l'après-midi pour la déposer

Chaque fois elle nous offre des diabolos menthe
avec le touilleur en plastique Jet 27 qui va bien
on sent qu'on est grands
elle trinque avec son rhum coca
nous donne des pièces pour le baby
et fait jouer Varsovie dans le jukebox

Nos cris au baby-foot à chaque gamelle
nos rires cons d'ados
nos mines nonchalantes
tout cela tranche avec l'endroit
mais y'a de la vie dans son bar
elle aime nous avoir avec elle

Stéphanie c'est une poupée de porcelaine
des cheveux roux à l'anglaise
indifférente aux autres filles

J'aime son silence
elle aime le mien
je me contente d'être là et de marcher
des regards en coin
une moue
un mot
et c'est bien

Un matin comme un autre
sur le chemin du collège
on passe devant le Saint-Louis Bar
on sonne comme tous les matins
rien
et les volets sont clos

Le père de Jean-Marc
est entré en premier
à cause de son boulot d'inspecteur

il y avait du sang jusqu'au plafond
sur deux étages
du sang sur les murs
sur le comptoir et le baby-foot
plein les verres de diabolos
il y avait du sang partout

La mère de Stéphanie
a tué son amant
à coups de feuille de boucher
des années qu'il mentait
qu'il promettait
et se soûlait
et devenait méchant
elle n'a plus supporté

La mère de Stéphanie
s'est suicidée dans sa voiture
devant la maison de son amant
devant sa femme à lui et ses enfants
d'un coup de chevrotine dans la bouche à l'aube

Emporté le sourire de la mère de Stéphanie

Le Saint-Louis Bar reste là
inutile et macabre en bas du cimetière
on passe devant chaque jour
jusqu'à a fin de la 4ème C et même après
mais on a arrêté de sonner

Et les diabolos menthe ont toujours pour moi
le goût sanglant du Saint-Louis Bar

Une belle garce

J'ai passé toute la nuit à pourrir son répondeur
elle a passé la sienne à se faire bourrer par un petit
con
réveil casque à boulons

J'ai dégueulé ma bile dans le lavabo
pris une douche et suis sorti direction bar

Après deux bières j'avais retrouvé mon allant
j'ai rallumé mon téléphone
j'avais deux messages

Pardon

Je t'expliquerai

J'ai pensé à sa tronche mi ingénue mi salope
revu son cul sous tous les angles
fini ma troisième bière
et je suis sorti fracasser mon téléphone par terre

La garce te rejoue la scène 12 j'ai pensé
elle t'entraîne juste en loucedé
vers le mausolée de l'amour

Tu te réveilles plus loin
elle est en train de te regarder fixement

Avant que tu aies pu dire bonjour
tu reçois un parpaing qui te vrille la face
le truc insoupçonnable

Tu dis merci

Elle dit

Pardon

Je t'aime

Tu réponds
je sais
je vais préparer du thé
ensuite je t'encule chérie

La fille Têtenoire et autres zombies

C'était juste une ado triste
avec des cheveux filasses
un air sombre
dans des fringues trop larges

Personne ne la respectait
la fille Têtenoire
à cause de sa famille

C'était le dernier avorton
d'une fratrie de 72 rejetons
qui vivaient entassés
dans une HLM de la Crayo
la pire cité qu'Hierzone ait comptée

Y'a pas pire cruel qu'un ado
inconscient de ses vices

Certains garçons
pourtant ne se privaient pas
ils l'entraînaient dans les caves
la coinçaient dans un couloir désert
ou la besognaient au fond du parc

Faut dire qu'elle se laissait faire

Plusieurs ont découvert
la culture du champignon
et l'affinage du parmesan de gland
en ces occasions

Moi je n'y ai jamais mis le nez
un peu par dignité
et surtout par empathie

Je l'aimais bien la fille Têtenoire
j'étais juste trop lâche pour l'avouer

Un jour un plouc du bac à sable
s'est vanté de lui avoir pissé dedans
oui
pissé dedans
il l'avait baisé rien que pour ça
la bonne blague
et trois de ses potes pouvaient en témoigner
eux ils étaient passés avant

C'était ça Hierzone
un goût de gerbe métallique
en permanence sur la langue
qui vous donnait des suées rances
des envies de vous battre au couteau

La fille Têtenoire ne laissait rien entrevoir
elle zonait les yeux baissés

dans son éternel t-shirt Iron Maiden

Elle voguait seule
sans am s
sans présent ni avenir
sans rien d'autre que les insultes
des tocards

Espèce de chiotte

Des cas y'en avait à Hierzone
la grosse Michou
que tous les vieux du quartier troussaient
en échange d'une fleur
ou d'une glace à l'italienne
le grand débile acnéique en survêtement
qui se branlait au rayon culottes du Monoprix
et qui prêtait sa bite aux gamines de dix ans
pour qu elle tentent des expériences
au trichloréthylène dans les caves

Un asile à ciel ouvert peuplé de sauvageons
de soudards
d'amibes
et de zombies en quête d'une corde pour se pendre
un ramassis de victimes ignorantes Hierzone

Mais j'aimais bien la fille Têtenoire

Polenta et gorge profonde

Il gara son pick-up et descendit faire de l'essence
une semaine qu'il n'était pas venu au village

Le plein fait
il chargea un caddy
de tout le nécessaire pour tenir une autre semaine

PQ
cubi de vin
salade
polenta
andouillettes moutarde pâtes riz
pesto Photo-Mag Saint-Nectaire
3 bouteilles de Juranson sec
Causette-Mag
Pastis jambon
des yaourts et des citrons
du thon pêché à la ligne
des cacahuètes grillées à sec
et du tabasco
le tout dans des marques choisies

Il posa les sacs à l'arrière du pick-up
démarra
pour se garer 500 mètres plus loin sur le trottoir

juste avant le tabac-PMU du village

Au comptoir que des habitués
il commanda un CO_2
soit deux 51 tassés
qu'il but d'un trait

Il régla son verre et une cartouche de Camel
remonta dans son pick-up et fit demi tour
direction les gorges

Il savait qu'elle attendait
allongée nue au bord de la piscine
la brune irradiée

Sans doute écrivait-elle

Viens dans ma bouche

Dehors le soleil plombait la vallée et le mistral
soufflait
une pérombre tiède régnait dans la chambre

En appui sur le mur
il baisait la brune irradiée
à califourchon

Le mistral au dehors s'intensifiait
au rythme du lit qui grinçait
sa gorge était chaude

épicée comme le Tabasco
il plongea dans la prunelle de ses yeux
et senti d'un coup venir le KO

Blurry Paris

Ma baby roule comme une Harley sur le macadam
ses mèches de suie et son teint pâle
brisent la foule en souplesse
ses épaules dansent au-dessus du troupeau
les pouffes se tassent sur son passage

On a pas mangé Thaï
trop de bolosses dans la street food

Ses pieds saignent
elle ne s en plaint pas
ses lèvres boudent mais ses yeux rient

Allez viens c'est par là je connais Paris

Je te suis baby
pas moi
mais je crois que tu dis une connerie
rue Saint-Denis c'est par là

Putain
pas un Starbuck dans le coin pour pisser
fait chier
mais c'est bon Paris l'été

Et d'abord il est où ce concert
prends ma main suis-moi
merde ça a commencé
rien de grave on va entrer

Rue de Rivoli on se pousse du coude
le squat d'artistes vaut le coup d'oeil

Hier nuit deux chats de gouttière
se sont mis une peignée dans l'arrière-cour
et on a même pas baisé
trop crevés

Oui mais avant si
et au réveil aussi

Qu'importe
on s'enlace à Jaurès
bercés par le roulis
du métro aérien

On ne dit rien
on est bien
c'est beau Paris
par tous les temps

Nos ombres mêlées
se dandinent au cinéma des trottoirs

Les coursiers slaloment

comme des balles traçantes
entre les files de voitures à l'arrêt

Paris c'est bien
ta peau aussi
la poésie
l'air qu'on respire
la soif de stupre
et les fins de nuit
enroulés dans les draps
comme des nems

Ces petits riens du temps joli

L'odeur des frippes
chez Kiliwatch
la cigarette gare d'Austerlitz
et même ce train
qui n'en finit pas d'arriver

Ces petits riens du temps joli
c'est bien

A propos de Goths et d'onanisme

Une chambre dans le clair-obscur
chérie il y a des Goths à Manaus

Sourire

J'aime te regarder quand tu te branles
et que je n'en peux plus

En coulisses l'héroïsme ne paie pas
certains hommes valent des milliards
quand la plupart ne valent rien

J'ai lu ça dans Le Monde

Battement de cils

Les Goths de Manaus
ont des problèmes de maquillage
sous climat tropical

Sourcils curieux

Continue chérie vas-y
branle-toi avec cet air sérieux

Qu'est-ce que tu penses de ça
on a pas à déclarer la guerre
la guerre fait rage depuis toujours
on a qu'à faire l'amour
et se planquer pour picorer
les miettes d'un bonheur terrestre

Viva la muerte

Elle jouit

Un problème de couleur

La rue est déserte il fait nuit
elle se gare le long du trottoir
défait le zip de son blouson

Elle porte une longue robe noire
sans rien dessous
sa toison est noire
ses yeux ses cheveux sont noirs
même sa voiture est noire

Je m'avance dans ce noir
et retroussant sa robe
j'écarte d'une main sa cuisse blanche
pour venir lécher son fruit rose

Elle jouit presque instantanément
puis à son tour se penche
vers le bleu délavé de mon Lévis
le déboutonne
et me glisse tout entier entre ses lèvres rouges

Des étoiles jaunes
des étoiles blanches
des étoiles d'argent
bouillonnent dans mon crâne

Elle sourit en se redressant

Un chat nous observe à cinq mètres
deux pépites d'or luisent dans les ténèbres
je remballe mon gland pourpre
le félin s'éloigne la queue dressée

J'embrasse ses lèvres rouges une dernière fois
avant de claquer la portière noire

Elle démarre
tandis que je m'éloigne en songeant
que je n'ai jamais aimé le vert

Un trait de mascara plus loin

On a éteint l'horizon
je n'y vois plus rien
elle dans sa nuit noire
moi dans ma nuit blanche

Une pluie d'étoiles sur le matelas
nos cannes enroulées dans les draps
j'attends que Satan me chatouille les pieds
en méditant le nocturne opus X
de son souffle alangui

A 7 contre 1
j'ai encore perdu cette nuit
au jeu de la baise
son clitoris est un athlète
quand ma queue donne des signes de faiblesse
sale mistigri
égalité des sexes
égalité des sexes mon cul
le monde est injuste à dessein
c'est quand on sait enfin chignoler
qu'on a plus la quéquette rigoleuse

Les hommes ressemblent à leurs chiens
mais il y en a qu'un

qui peut ouvrir le frigo
alors je m'en sers un dernier
à poil dans la cuisine
et je file me glisser sous les draps
près de sa galaxie répandue sur le matelas
de ses cœurs noirs hérissés
d'arabesques fantastiques
et de mes mots encrés dans sa peau

Je sirote un rhum bien corsé
en méditant toujours l'opus X
de son souffle alangui
enfin je m'endors
un clope fiché entre les lèvres

Deux traits de mascara plus loin
le café est bu
j'ai encore pris une taule
au jeu de la baise ce matin
vaincu par plus forte que moi
j'ai déposé l'oriflamme entre ses cuisses

Elle virevolte sur ses échasses
se coiffe d'une main
de l'autre textote
tout en me faisant la parlotte
j'ai géré ma chiasse tout va bien
les chiottes sont propres

Le vieux bébé

Elle dit tu me manques
tu me manques
tu me manques tout le temps

C'est un vide que je ne peux combler
un vide qui commence à me gonfler

Silence radio
j'adopte une stratégie oblique
je connais trop la peur du manque

Je suis comme ça
suicidaire à six mois
leptosome mélancolique
je manque de tout je manque de rien
je manque de rien je manque de tout
d'amour
de beauté
ou de chance
et d'un tas d'autres trucs encore
alors à quarante ans tassés
j'ai appris à vivre en guerre
avec des cache-misère
alcool et PQ à volonté

Quand je sors les tickets de rationnement
je mange liquide
et je ramasse mes mégots pour fumer

Tu me manques
tu me manques
tu me manques bébé

J'étais vieux avant d'être né

La ponctuation entre elle et moi

entre parenthèses
tu n'as pas abordé la question du tiret
– c'est un point essentiel
sur lequel
on devrait discuter –

entre parenthèses
je pense qu'on peut
se passer aussi des majuscules
quant aux points-virgules
je les encule

entre parenthèses
et pour répondre à tes interrogations
ma prose en roue libre
n'a point de suspensions
quand elle dévale
la piste blanche

entre parenthèses
sur la corde des mots
nous sommes funambules
on se faufile sans exclamations
sans souci du qu'en dira-t-on
sans acrostiche ni anicroche

allez viens
goûte à ma langue

Baise d'après-midi

Elle danse sur le lit
tandis que je l'astique
avec une queue de nègre
parfois elle dit
oh oui
et parfois se mord les lèvres

Je fume un stick
que je lui tends
toujours en l'astiquant
et on s'échange la fumée
de bouche à bouche

C'est bon baby
travaille ton cul avec la queue
tandis que mon doigt appelle l'ascenseur

Le bouton clignote rouge
rouge dans le clair-obscur
ça va on monte
et son talon se plaque sur mon jean
là où il faut

Quand la queue de nègre
s'enfonce loin dans la jungle

de son obscure chaleur
son corps se cambre
et l'air devient électrique
alors elle crie

Ah

Et se déchire

Son nectar coule sur les draps
tandis que je retire
la queue de nègre de son abysse
et la balance aux pieds du lit

J'allume un clope
en contemplant son agonie
ses orifices sont bitovores
et j'ai deux pustules sur les couilles

Un mauvais poème pour la route

Peut-on écrire de bons poèmes
quand on a les dents noires
de l'emphysème
et qu'on meurt cent fois par nuit

Peut-on écrire de bons poèmes
quand on passe son temps à baiser
en buvant du vin blanc
accroché à une comète
à la poursuite d'étoiles filantes

Peut-on écrire de bons poèmes
sous le règne des généraux
au cœur du silence des larbins
en traînant sa débraille par les rues
ivre et sans le sou

Peut-on écrire de bons poèmes
sans ticket de loto
sans assurance
sans plan d'épargne
ni voiture à crédit
juste sa bite et son stylo

Peut-on écrire de bons poèmes

poursuivi par le fisc
et sans nouvelle de son fils
depuis le dernier millénaire

Peut-on écrire de bons poèmes
en se moquant des ours polaires
de la montée des océans
et du thermostat climatique

Peut-on écrire de bons poèmes
sans image et sans style
à l'heure du web 2.0
quand une femme vous dit je t'aime
et qu'on rêve de nouvelles chaussures

C'est une putain de bonne question

Sibérie intérieure

Le camion balaie la route dans un boucan du diable
mes intestins chantent leurs psaumes de gargouilles
une abeille se pose sur la jardinière
et je l'observe en roulant un clope

Le café tiédit doucement
les scooters glissent sur l'asphalte
une femme attend sous l'abribus
à 10h10 cabas aux pieds

Douce nuit d'insomnie
Churchill parlait à la radio
le chat dormait sur le fauteuil
je me suis levé pisser deux fois
la maison murmurait des mots réconfortants
j'ai béni ma solitude
parfois on a besoin de rien d'autre

Juste être soi
sans rêve avec des requins qui volent
sans géant qui fauche des arbres
sans tueur en costume noir
sans vierge folle
tenant dans ses mains
un tampon sanglant

Rien qu'une longue conversation silencieuse
entre soi et soi
avec pour seule compagne
la nuit immense et blanche
de sa Sibérie intérieure

Le terrier du Bembex

Le paradis c'est ma maison
je m'y éclaire à la bougie
je gare une armée de renoncules
dans le vestibule pour ma poupée
qui se met à genoux
sans que je la prie

Des pendus sèchent dans la cave
je les visite parfois le soir
pour leur raconter ma journée
ils me sourient sans que je sois dupe
pas question de les détacher
dans ma maison
les fantômes ne vont pas libres

Ma bibliothèque se compose
d'une centaine d'urnes bien étiquetées
de livres lus et puis brûlés

Mon lit est un nuage de plumes
et toute ma chambre sent l'orage
dans ma maison je vis pieds nus

La cuisine sent l'oignon frais
l'huile d'olive et l'anisette

j'y sacrif e quelques poissons
après leur avoir fait risette
la cuisine c'est ma mosquée
mon égl se mon temple
c'est là cu'on s'assoit pour causer
pour boire et rire
et puis péter

Dans ma maison y'a pas de salons
mes commensaux n'ont pas de galons
toutes les pièces sont des fumoirs
y'a que des murs bruts et deux armoires
qui recè ent toutes mes richesses
mes slips mes jeans ma porcelaine
et quelques souvenirs d'enfançon

Ma maison c'est un paradis
où les corbeaux ont le droit de nicher
y'a pas de sonnette pas de télé
mais chacun peut venir m'y trouver
en poussant ma porte ouverte

La vie sans moraline

C'est la noria des seaux d'eau
depuis qu'on a dressé notre cirque
dans la maison près de la fontaine

Après-midi tête à l'envers
vous pouvez réserver votre chaise
admirez l'avaleuse de sabre
et son scribe décapité

On dort toujours la fenêtre ouverte
juste après le dernier rappel
et à votre bon cœur messieurs dames
vous avez profité de la fête

On sait presque rien de presque tout
l'inverse aussi
en rêve je suis magicien
et elle danse sur un fil

Notre chapiteau sent le vaurien
l'absinthe coule comme en 1872
les soirs où l'on trinque du nombril

On marche chacun dans sa combine
et la mort nous pend au cou

on sombre dans l'éblouissement
pour un vers ou une Venise

A l'aube quand je quitte la tente
je la laisse aux brumes de l'encre
et m'en vais remercier la lune
lancer au ciel mes volutes
dans lesquelles se dissipent les songes

Nos âmes de clowns déjantés
sont garanties sans moraline
acrobates aux désirs ardents
on promène nos marionnettes
sur la piste aux étincelles
pour faire de chaque jour une fête

Je rends grâce
et elle dit amen

Vivre et laisser mourir les ordures

On ne gagne rien à être victime
ni à se faire passer pour
même quand on est victime
on ferme sa gueule
on ronge son frein
pour son bien

On apprend ça dans la cité
j'entends le terme en général
la petite la grande et la globale

Mieux vaut toujours serrer les dents
tant qu'il vous en reste
il n'y a pas de justice immanente
il n'y a pas de pardon
que des faux-semblants

Mieux vaut vraiment serrer les dents
en préparant son buffet froid
la vengeance que l'on projette
aura plus de saveur
que toutes les sentences
qu'un greffier vous octroiera

Pour une dent toute la gueule

les deux yeux pour un œil
et Jésus n'y verra que du feu

Il faut savoir serrer les dents encore
et se venger en temps voulu toujours
c'est une des leçons que la vie vous enseigne
à l'école du réel
sous peine de vivre en infantile
à jamais biberonné par l'État
la justice les mœurs et les médias

Évitez le statut de victime
cela pourrait vous rendre populaire
vengez-vous fièrement
couteau dans le dos
le dernier qui parle
aura toujours raison
aux yeux des vivants

La seule morale qui vaille pour les crimes
c'est qu'il vaut mieux ne pas laisser de traces

Vengez-vous sûrement
tentez tout
soyez fou
mais évitez le statut de victime
seuls les bourreaux sont admirés

Vengez-vous
soyez juste

Love Trip

On a pris la route
fendu des gorges
grimpé des cols
pénétré des forêts
arpenté des chemins
cartographié des monts
et descendu des vallées
jusqu'à en perdre le souffle

On s'est glissés dans la rivière
enlacés dans une impasse
rafraîchis à la fontaine
perdus sur le sentier de la nuit
suspendus aux branches du frisson
sans jamais percer le mystère
qui électrise la peau

On a affronté l'écume du torrent
lézardé sur des rochers
rêvé sous les nuages
peint le ciel bleu en rouge
pourchassé un orage sombre
dansé sur une crête dangereuse
et toujours nous étions heureux

On s'est crus morts à force d'étreintes
harassés de désirs intenses
noyés dans un rêve sans fin
réveillés dans un cri dès l'aube
encore ivres et inassouvis

On a replié la carte
repris le chemin à l'envers
rembobiné les cieux les paysages
remonté le fleuve à contre-courant
sans jamais se lâcher la main

On s'est promis d'autres voyages
d'autres demains d'abandon
d'autres cosmos intérieurs
d'autres mots encrés dans la peau
d'autres pages brûlées d'un soupir
d'autres jeux d'autres mignardises
et tant
de vies
à vivre

Encore une fois

Plus loin ça voulait dire le manque
le frémissement des arbres à l'intérieur de l'âme

Plus loin on sentait encore
la brûlure des peaux

Plus loin c'était l'oubli de l'île
le retour à une vie prosaïque

Plus loin c'était attendre
avec juste quelques mots flottant à la surface des
jours

Plus loin c'était le spleen
le miroir des écrans et une orgie de glace sur canapé

Plus loin c'était toujours trop loin
une vie de rien en attendant encore une fois

Eden bourgeois beauf

Les mecs à mèche et pompes à glands
sortent leurs connasses à col Claudine
armés de leurs poussettes bi-places
ils fendent le gravier du parc
comme si le paradis leur était dû

Ils ont l'arrogance fière
des gens certains de faire le bien
ils ont des voitures achetées à crédit
ils ont des maisons achetées à crédit
ils ont des enfants achetés à crédit
ils ont un mariage qui meurt à crédit

Les mecs à mèche et pompes à glands
saluent les mecs à mèche à pompes à glands
et les connasses à col Claudine
sourient aux connasses à col Claudine
un tout petit monde leur appartient
ce parc et les 10 rues autour
au-delà c'est l'enfer sur terre
où les gens vivent à découvert

Je les regarde d'un œil torve
le cul scellé à un banc
les mecs à mèche et pompes à glands

et leurs connasses à col Claudine
qui poussent leurs chiards en souriant

J'imagine comme il doit être rassurant
de rentrer le soir et de ranger ses mocassins bruns
puis de s'asseoir et de manger son omelette
en s'indignant des douleurs du monde
tout en critiquant son voisin
qui ne sait pas trier ses ordures

Et je m'arrache de mon banc
pour gerber dans une poubelle
toute cette vision de pompes à glands
de cols Claudine et d'enfants chiants

Avant qu'

Avant qu'on ne disparaisse
mon petit canard
personne n'ignorera ton surnom
coin coin
il suffit juste d'appuyer fort
là où c'est bien
et ça cancane

Avant qu'il ne soit trop tard
on évitera de se mettre dans le rouge
on laissera ton cul nous dire gloups
ouste
pousse
toi de là
fais place nette
on veut pas de grenouille ici

(oups
je sens
que j'en ai
trop dit)

Avant qu'il ne fasse noir
je dirai à tout le monde
qu'elle est belle

ma copine
et tout le monde me dira ta gueule
et chacun s'appellera Pierre

Avant qu'on ne passe au crématoire
on sauvera les flammes de nos yeux
on aura des bûches de rires sauvages
et des orgasmes calorifères

Avant qu'on ne dise paresse
on aura bossé comme des gueux
loin des maisons de redressement
avec l'assentiment du dieu
qui n'existe pas

Aïe loup y est là

Dans le simulacre

Ici les gens oscillent entre narcissisme et mélancolie
ici les gens se rêvent en artistes Ikea
ici les gens disent bon appétit avant de dîner
les sourires cachent des faux-semblants
les vieux se traînent jusqu'au mouroir tête basse
les jeunes enfilent leur costume de chômeur à 10 ans
les gros dirigent le monde à coups de bons mots et de
promesses de lois
et le troupeau suit quel que soit le danger
malgré le précipice

Ici on vit ses rêves par procuration
en regardant la télé ou en likant pour la cause
les révoltés en peaux de lapins sont légions
les intègres se comptent sur les doigts de la main

Ici on se rêve grand seigneur
mais chacun se terre dans son chez soi
juste effrayé par l'au-dehors

Ici on pense comme il faut penser
on a des rêves imposés
on ne sait plus profiter du vent

Ici le soleil se venge
et même nos ombres nous en veulent

Je vide ma bière écrase mon clope
il reste 35 % de batterie sur mon téléphone
j'ai le monde entier à portée de main
et personne à qui parler

Ici on meurt en faisant semblant de vivre

Tranquille tant qu'il

Tant qu'il y aura des flammes
on chassera sur les routes
nous n'aurons d'autres horizons
que l'orage

Tant qu'il y aura des routes
on se perdra dans ses méandres
nous irons chercher la Toison
sur des rivages inexplorés

Tant qu'il y aura des méandres
on se les copiera à l'infini
jusqu'à ce qu'il reste quelque chose
après l'oubli

Tant qu'il y aura l'infini
on s'armera de microscopes
pour sauter dans nos univers
jamais voudra dire aujourd'hui

Art poétique

Ce n'est pas la peine de vouloir écrire
si c'est pour se tortiller le cul sur une chaise
en attendant que l'inspiration vienne

Il n'y a pas de souffle divin de la création
il y a le vin les cigarettes et la bière
c'est bien suffisant pour nourrir
n'importe quel enfant de putain
qui voudrait se prendre pour un poète

Sans quoi il reste une solution
trouver une branche et une bonne corde
pour se pendre
il faut juste soigner son épitaphe
et ça évite un tas de souffrances

Quelque chose nous tue

Quelque chose nous tue chaque jour
c'est ce que nous répètent les médecins
chaque jour
ça fait mal là
oui et non
ducon

Quelque chose nous tue chaque jour
les cheveux ou les cuisses d'une fille
trop fraîche pour qu'on veuille s'approcher

Quelque chose nous tue chaque jour
qu'aucun chaman ne saurait conjurer
qu'aucun politique ne pourrait traiter
qu'aucun prêtre imam ou bonze ne saurait expliquer
avec un simple slogan

Quelque chose nous tue chaque jour
et c'est une maladie auto-immune
ou un virus extra-terrestre
qu'aucun scientifique ne saurait résoudre
même pas la NSA

Quelque chose nous tue chaque jour
joyeusement avec application
et c'est toujours trop tard qu'on se le dit

85

et c'est toujours trop tôt quand on le sait

Quelque chose nous tue chaque jour
que l'on cache à regret
comme un vœu enterré sous la plage
que les enfants gardent en secret

Quelque chose nous tue chaque jour
pour notre bien quoi qu'il en coûte
pour finir en beauté par surprise
avant le durcissement de la croûte du cœur
juste avant la liquéfaction de la caboche

Quelque chose nous tue chacun
et ce n'est pas l'amour ni l'envie
ni l'énergie du désespoir
juste la vie

Encore un bon jour

C'est un bon jour pour regarder le plafond
et réveiller l'indien qui sommeille en soi

C'est un bon jour pour suivre
la moindre craquelure
comme un cow-boy sheriff
traque sa proie

C'est un bon jour pour scruter les étoiles
dans les constellations de moucherons écrasés

Un jour pour approfondir
sa connaissance de Malevitch

C'est un bon jour pour se rappeler
sa vie de soldat en plastique
l'arme toujours braquée vers l'ennemi

Un jour pour se souvenir des croûtes
qu'on s'arrachait des genoux
avant de les croquer

C'est un bon jour pour éviter l'instant présent
la télé
l'internet
les appels masqués

et tout ce qui s'en suit

C'est un bon jour pour plonger
dans le bain chaud de son enfance
avec une pierre ponce qui flotte étrangement
et la voix d'une mère
perdue dans les glou-glou

C'est un bon jour pour ne croiser personne
en attendant demain et le prochain
ça va

On a pas tous la chance de naître Inuit

Aujourd'hui je n'ai pas chié mou
c'est bon de pouvoir se fier
à ses intestins
ça rend la promenade
plus sereine

Le téléphone n'a pas sonné
tout le monde était trop occupé
à se touiller le nombril
ou se curer les orteils

J'ai traîné mon ombre sans ruminer
de l'écran à la pompe à phosphore

Dehors des ouvriers jetaient des gravats
dans une benne
et c'était aussi beau qu'une symphonie
de Pierre Boulez

Tout l'après-midi j'ai fumé
en alignant des mots invisibles
en compagnie de Trotsky
Bernanos
Ryan Gosling
et Sophie Marceau

J'ai pensé à des seins
mon slip ne m'en a rien dit
j'ai pensé à des culs
puis j'ai raté ma sieste

C'est devenu un travail d'être oisif
quand on a tous les livres du monde
au creux des mains
toute la musique des siècles
dans les oreilles
des voisins jusqu'à Kaboul
et tous les tableaux
accrochés dans sa chambre

Le vrai luxe
c'est de ne vouloir rien d'autre
qu'un beau rêve blanc et silencieux
à déguster les yeux ouverts

Tout le monde s'en fout

Les yeux du chat sont braqués
sur mes yeux
qui fixent à l'écran
le visage d'une femme
que j'aime et qui m'aime

Je sors de son lit comme d'une plage d'Italie
son ventre et ses lèvres sont chauds
et la Méditerranée coule entre ses cuisses

Ses seins
sont deux pains au lait
dont je fais mon petit déjeuner

Je règle le contraste
enregistre l'image
et lâche l'écran
pour caresser le chat
qui bouge à peine les oreilles

Un frelon me vrille le crâne
ma bite a une tête de poisson mort
je renonce à pointer au chômage
ainsi qu'à toute postérité
tant qu'il reste du vin blanc frais
du fromage qui pue

91

du pain pas trop sec
et des pilules dans ma pharmacie

A la fenêtre j'observe
une vieille en trottinette
sur le trottoir
en me demandant d'où lui vient
cette idée ridicule

Au même instant
quelque part dans le monde
un kamikaze explose
en faisant des dizaines de morts

Et j'y vois plus de sens
que de compter ses points retraite
en achetant des pâtes sans gluten
et des avocats bio du Pérou

Plus on approche des chiottes et plus on a envie de pisser

C'est une des règles de l'univers
que n'a pas su trouver Einstein

Elle me dit cela sans sourciller
et je le note sur mon slip
car rien ne vaut l'expérience

J'aurais pu ajouter
que la dernière goutte
tombe toujours à côté
mais je n'ai pas son intelligence
pour décoder tous les mystères
de l'existence

Je me déshabille
me glisse près d'elle
dans le lit
comme on part en Cadillac
vers l'immortalité

PS : je crois que cette règle souffre une déclinaison
avec le verbe chier

J'ai toujours vécu à sans à l'heure

J'ai brûlé mes vaisseaux très jeune
brouillé les pistes tourné à droite
quand on me disait d'aller à gauche
viré à gauche
quand on voulait me classer réac
le nez du clown triste
et la bannière du pirate maudit
en étendard

J'ai toujours aimé Popeye
si con
et les épinards
refusé les honneurs
avant qu'il ne soit trop tard

J'ai levé l'ancre depuis si longtemps
que je m'étonne d'être encore à quai
mais j'ai pardonné à la mer
et j'aime toujours les étoiles
les comptoirs bruyants le soir
et au petit matin
au petit gris
comme on dit

J'aurais voulu ne jamais dormir
mais hélas

dormir toujours les yeux ouverts
au cas où

J'ai fantasmé parfois sur les filles
un peu vulgaires
quand elles sortent d'une boutique
avec leur sac en papier
comme si elles tenaient un trésor

J'ai traversé des carrefours la nuit
les mains d'un ange sur mon volant

Je ne vais jamais donner mon sang
j'ai toujours eu peur du loup
et de ma grand-mère
mais je boufferais bien le cul
du petit chaperon rouge
avant de m'enfiler sa tarte

Thanatos

Une baleine blanche
sortie du réfrigérateur
voilà à quoi je pense
en le voyant allongé
sur la table en inox
de la salle de travail

Moby Dick
ne porte qu'un slip noir

L'homme de l'art
agrémente ses gestes
de quelques réflexions
parfois drôles
parfois graves
souvent techniques
en tournant autour de sa proie
comme le capitaine Achab
et soudain il lance son harpon

La canule s'enfonce
vivement
depuis le sternum
jusqu'au ventricule droit
et les pompes péristatiques
commencent leur office

L'orque inerte
ne moufte pas
tombé au champ d'honneur
de la malbouffe
et de l'apéro

Sa main jaune
inutile nageoire
demeure crispée
un rien en l'air
le long de son flanc cyanosé

Deux gros pieds noircis
comme les sabots du diable
un estomac aussi enflé
qu'une montagne
de gaz de schiste
sous pression
ce vieillard a tout
d'un monstre de foire

Et je songe
à toutes les chaises
les canapés
les fauteuils
que ce gros éléphant
a martyrisé
dans sa lente agonie
tandis que le formol
qui coule dans son corps

lui redonne
forme humaine
en le vidant de son sang

Deux traces de cocaïne sur une table noire

Je les écoute parler tandis que mon pouls s'accélère
une fourmi traverse le comptoir
leurs voix se mélangent
je tire une longue bouffée d'herbe
en fermant les yeux
sur un rythme électro
la mort la vie la baise
plus rien n'a d'importance

Elles s'engueulent sans s'engueuler
j'écoute sans prendre parti
mon vol a semble-t-il atteint
sa vitesse de croisière
alcool poudre et joint
se conjuguent fichtrement bien

Il reste deux traces de cocaïne
sur la table noire
j'en prends une
et elles cessent de s'engueuler
se tournent vers moi
putain mais putain quoi
t'es comme ça toi

Attends j'en ai d'autre
et elle tape la CC

tandis que je débouche une bouteille

Sa langue vient dans ma bouche
son bassin presse le mien
j'ai envie de baiser dit-elle
quelle nouvelle je réponds

Elle se penche à son tour
et renifle son trait
putain elle est bonne

Elle parle de Paris
de vélos volés
d'œufs jetés depuis les ponts
sur les touristes des bateaux mouches
et la tour Eiffel brille dans mon caleçon

On reprend l'escalier
je la coince en haut contre le mur
elle jouit
moi pas

Allongé sur le lit
je roule un dernier joint
putain on va jamais dormir
l'aube se lève
elle me branle doucement
et je m'endors
la main posée sur son sein

Pas de veine

Je vais descendre à la mine
pour y réinstaller la lumière
j'y vais sans peur
comme Jean Mineur

Vous n'avez jamais eu d'égorroïdes
vous
sans déconner

Je prends l'escalier de la mine
pour déblayer le tutti quanti
muni de mon seau et de ma pioche

Je pars pas explorer l'Atlantide
mais faire péter la vertèbre
que ma chérie a dans le cul

Une fille aux paupières bleues

Dégrafe ses porte-jarretelles
et fait rouler ses bas
en souriant à la caméra

Je casse des cacahuètes
devant une bûche qui brûle
sur un blues rougeoyant
comme le bout du clope
fiché entre mes doigts

La nuit s'enkyste entre les arbres
l'hiver n'est pas si froid
et la Pin-up d'Hollywood
danse presque à poil

Une image peut tuer
mais consoler aussi
les réponses aux questions
ne résolvent rien
elles entraînent juste d'autres questions
et l'infime devient indéchiffrable
alors que l'infini est si simple
comme un beau grand ciel gris
sur une mer de cendres

La fille aux paupières bleues

a un joli petit cul
et de longues fines jambes
j'ai fini les cacahuètes
il est temps qu'elle rentre
et qu'on range les courses

Fuji Tokyo love

Comme dans un film de Fassbinder
la femme au centre
cherche l'attention
luciole elle capte les regards
et s'en nourrit
avec indolence

Le volcan lui demeure impassible
dans le velours bleuté de sa délicate beauté

La superstar sourit et charme
aux élans artistes de la femme
les deux s'accordent à l'unisson
en regards en lèvres qui se cherchent
et puis se trouvent

Ma babe idole joue bien son rôle
elle danse frôle caresse cajole
et la superstar prend ses aises
sous le volcan
majestueux et serein

Un tigre de strass
jaillit de l'ombre
et la neige commence à fondre
sur les cimes du mont Fuji

Soupir
trip hop
gitane
et vodka pop

Sur les coussins de moleskine
les naïades s'enlacent comme glycines
l'homme à la caméra
tente un travelling

Tokyo s'imprime sur fond bleu
les peaux frémissent au néon rouge
les corps à cœur en noir et blanc

Et puis mon âme de bricoleur
repère le potentel sublime
d'une prise multiple et charnelle
d'un geste je deviens fusible
d'un courant à fort potentiel
en artisan qui se découvre
je suis le double adaptateur
d'un plaisir lumineux et rieur

Saint Xanax donne l'absolution
et le mont Fuji disparaît dans la nuit
entre deux souffles de clavecin

Et puis le sourire du matin
qui dit bonjour ça va bien

Un Ché un tweet et un latté svp

Vous semblez savoir tant de choses mes frères
mes amis mes ennemis mes non-maîtres
toujours prompts à l'anathème
quand je reste dans le
Anna je t'aime

Vous croyez tellement tout connaître
de ces désastres du temps
qui craque depuis l'Antiquité
depuis que Rome est tombée
une solution dans chaque poche
un vers de Marx ou de Voltaire
dans chacun de vos posts
quand je n'ai que l'ironie grave
d'un Villon à vous opposer

Messires professeurs de sagesse au rabais
mes seigneurs menaçants prophètes
des lendemains qui ne chantent plus
mes potos jouant l'avenir au PMU
mes sœurs de charité de grâces et de larmes
vous qui hurlez
vous qui pleurez
vous qui condamnez
vous vous vous
vous qui vous révoltez

rien que pour l'idée du beurre
vous m'avez lassé
je vous ai lâchés
et j'en suis content

J'aime à contempler le spectacle simple
des gouttes de pluie frappant mon carreau
glissant l'une vers l'autre
tentant de se rejoindre
comme pour faire monde

Et puis j'aime aussi
la musique du vent dans les cimes
les corbeaux bavards
et la brume qui monte
lentement des champs
et qui peu à peu
obscurcit le jour
qui m'entoure
me ceinture
m'ossature
me sature
à 180 degrés

Je n'entends plus vos peurs
je souris bêtement
en traçant un cœur
dans la buée de mon souffle
sur la vitre battue par la pluie
je me suis trouvé perdu
perdant

heureux
gagné par la vie

Amis ennemis
je vous laisse à l'envie

Ecce Houmous

Je suis né dans la misère
ou pas loin
je suis et resterai un gagne des clous
un mange pas cher
quand je mourrai
je veux qu'on rit
je veux qu'on boive
et qu'on s'amuse comme des fous
comme dirait la grande Brel
respect éternel
si on ne peut plus se moquer des gens qu'on aime
autant ne plus aimer du tout

Je ne fume plus de weed
juré my Lord
depuis que c'est devenu branché
chez les trouducs
qui écoutent pousser leurs barbes
chez les préretraités
désagrégés d'histoire ou de mathématiques
chez les bourgeois qui s'encanaillent
sous les porches des boutiques Cartier

Je me console en buvant
du jaune
du rouge

du blanc
sur le zinc
et en finissant mes nuits
entre les bras de la fille du Blue Lagoon

Je vis loin du béton
où poussent les cons
je reste au vert
la nature m'emmerde moins que les écrans

A ma fenêtre
il n'y a pas de donzelle
passant sous une ombrelle
juste un corbeau perché
sur une branche de sapin
qui m'observe
d'un œil circonspect
et s'envole en croassant
léger
malgré son envergure

Tiens
je vais nettoyer la voiture
et puis faire cuire les nouilles

Etre poète c'est tout un truc
un job parfois un peu chiant

Tandis que le squelette de major Tom flotte en approche de la Blackstar

A cinq heures de l'après-midi en hiver
le poêle crépite autant
que le vinyle posé sur la platine

La stéréo crache un blues des plus classiques
froid dehors chaud dedans

Bowie est mort
j'ai appris la nouvelle ce matin
en me brossant les dents

Toujours en retard sur mon travail
en retard sur le monde
j'espère ne pas être trop en avance
sur ma mort

L&L&L&L

Elle est le centre de son monde
elle va bien
oui et non
bobo ici
et bobo là
poumons cœur foie articulations crâne et âme
ça va ça vient
comme la marée
selon la lune
et le courant
mais elle gère
pilule rose
pilule jaune et verte
pilule blanche
pilule bleue
pilule ronde
pilule oblongue
pilule octogonale
elle fait la une de son monde
sa photo accroche toutes les pages
des tas d'articles à décortiquer pour la comprendre
chaque matin un lot de gossips à traiter
et personne pour dire qu'elle exagère
elle sait à quel étage elle erre
elle s'ouvre et se ferme
monte et descend

allume et éteint la lumière
comme la marée
selon la lune
et il faut prendre son tiquet
pour gravir pas à pas sa dune
sinon c'est no way baby
too busy
elle va bien
oui et non
et à part ça

SMS à un jeune poète

Ecris de tout ton être
avec ta chair ton sang tes muscles
ta sueur ta pisse
ta merde et ton squelette

Ecris d'une main osseuse hors de la tombe

Ecris comme on tombe
comme on crie ou comme on murmure
écris en fuyant le soleil
loin de l'autre mais pour lui
écris en recherchant l'ombre
écris pour être la proie des mots
fiévreux comme un syphilitique

Ecris jusqu'à t'auto-érotiser
écris pour jouir sur le cadavre de tes maux
jusqu'à remplir de sperme ton nombril crasseux

Ecris en te disant que tout est toujours possible
surtout le pire
parfois le mieux
tant qu'il reste un peu d'encre dans ton stylo

Ecris pour t'oublier
pour lever l'ancre

et t'évanouir
écris jusqu'à t'effacer
puis disparaître vers le blanc
pour finir

L'île engloutie

On avait une île
et on a plus rien
juste un océan
où chacun se perd
on avait une île
on a que du vent

Les bougies s'éteignent
le bouquet de xanax a fané
on est plus dans l'axe
juste séparés
on est pas relax
même plus des alliés

Il y avait des cils
qui battaient l'absence
et du Dexeryl
quand ça démangeait
j'étais ta paresse
tu étais mon ange
chacun prend son reste
chacun son mélange

On avait des doutes
on a du silence
des regrets en soute

pas de fric pour l'essence
la nuit nous ennuie
je cherche ta part d'ombre
je me cogne aux murs

On avait une île
et on a plus rien

Laisse aller petit Tom

Laisse aller laisse aller
tout n'est que jeu
à qui perd gagne
Sisyphe a gravi sa montagne
il est temps de dégringoler
gringalet
poursuivi par ton rocher
comme le bousier

Laisse aller laisse aller
la vie ça sent un peu la merdre
du début jusqu'à la fin
un grand brasier
où les regrets et les espoirs
partent en fumée
il y est toujours question de perdre
alors

Laisse aller petit soldat
allume encore une fois la machine
le monde est à portée de doigts
un cosmos de pixels étoilés
examine sérieusement le plan
chaque chemin est sans issue
impossible de s'échapper
nous sommes prisonniers de l'inutile

118

comme dit le poète effacé

Laisse aller laisse aller
Ulysse s'est vendu aux sirènes
fitness et régime sans gluten
orgasmatron artificiel
et conseils en design humain
le cœur de nos vies bat sans ailes
alors

Laisse aller laisse aller
le monde est un grand foutoir
où chacun touche le cul de son voisin
le Cheshire cat soupire d'aise
envoûte énigmatiquement
gare ta vie sur un parking temporaire
valide ton suicide programmé
et rends les clés de ton enveloppe corporelle
à l'usine de recyclage

Laisse aller laisse aller
chaque pas accentue le parfum de ta mort
rien de mieux qu'un beau ciel bleu
pour apprécier la pourriture
qui émane de ton néant

Avoir été puis n'être qu'avoir
c'est le secret de nos existences
et aucun livre ne nous délivre
du sentiment d'insignifiance
alors

119

Laisse aller laisse aller
petit Tom

Poème inachevé

Et dire que je me pensais
inspiré